El perro vagabundo

Texto e
ilustraciones de

**Marc
Simont**

basado en
un relato verídico
de Reiko Sassa

rayo

HARPERCOLLINSPUBLISHERS

Harper Trophy® is a registered trademark of HarperCollins Publishers Inc.
Rayo is an imprint of HarperCollins Publishers.

El perro vagabundo
Copyright © 2001 by Marc Simont
Translation by Marc Simont
Translation copyright © 2003 by HarperCollins Publishers, Inc.
Manufactured in China   All rights reserved.
For information address HarperCollins Children's
Books, a division of HarperCollins Publishers,
10 East 53rd Street, New York, NY 10022.

Library of Congress Cataloging-in-Publication Data
Simont, Marc.
  [Stray dog. Spanish]
  El perro vagabundo / texto e ilustraciones de Marc Simont.
       p.   cm.
  "Basado en un relato verídico de Reiko Sassa."
  Summary: A family befriends a stray dog, names him Willy, and
decides to keep him.
  ISBN 0-06-052274-7
  [1. Dogs—Fiction. 2. Spanish language materials.]   I. Title.
PZ73.S6263 2003
[E]—dc21
                                                    2002036953

Para Helen y Jenny

Era un día magnífico para ir de excursión.

—¿Quién es éste? —preguntó el papá.

—Es un perrito muy sucio —dijo la mamá.

—Tiene cara de hambre —dijo la niña.

—Yo creo que quiere jugar —dijo el niño.

Los niños jugaron con el perrito y le enseñaron a
levantar las patitas. Le pusieron el nombre de "Willy",
y siguieron jugando con él hasta que llegó la hora de
volver a casa.

—Llevémonos a Willy —dijeron los niños.

—No —dijo el padre.

—Debe de pertenecer a alguien —explicó
la mamá— y lo echarían de menos.

Por el camino la niña dijo:

—Tal vez Willy no tiene dueño.

Durante toda la semana
la familia no dejó de
pensar en Willy.

sábado

—¡Willy! —gritaron todos a la vez cuando apareció.
Pero Willy no se detuvo. Willy parecía tener mucha
prisa.

—No tiene collar. No tiene correa —dijo el perrero—. Es un perro vagabundo. No pertenece a nadie.

El niño se sacó el cinturón.

—Aquí está su collar —dijo.

La niña se quitó la cinta
del pelo.

—Aquí está su correa —dijo—.
Se llama Willy y es nuestro.

Se llevaron a Willy a casa.

Y después…

lo pasearon por el vecindario, donde

conoció unos perros muy interesantes.

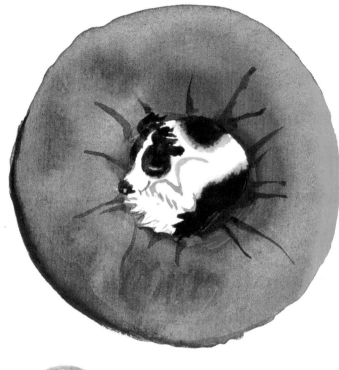

Y Willy se acomodó en su nuevo hogar.